意象 ○ 花季

散皮 ○ 著

山东文艺出版社

目　录

卷一　带着受孕的种子上路

卷二 绿叶用手臂托举太阳

卷三 每个人都在寻找那棵树

卷四　月光驻留在起伏的草叶上

卷五　长歌如慢动作步入风景

卷一

带着受孕的种子上路

每一个意象都有一个花季

我希望，一首诗能抵达不同的国度
不同的声调说着不同的方言
既有陌生的围墙，又有吹弹即开的窗户

那些提灯的诗句，各有自己的节日
穿越幽深的街巷
既指引道路，又向暗黑宣示夜行者的来临

被风卷起的花粉，会沾在灯笼的光芒上
带着受孕的种子上路
每一个意象都有一个花季

每一片落叶，都失重于万有引力
但有一个常数
用来计算漂泊的路径、速度与概率

擦亮天空，不是流星的使命
但是彗尾的长度
需要数学家以不同的定理或公式去证实

2

我希望，她是仁慈的

每一个清晨

都有醒来的祝福

2021，街景

城里的电线， 转移到地下以后
鸟， 歌唱的五线谱， 也就消失了

有的鸟， 只好落在交通灯杆上
扮成一排摄影爱好者， 恐吓来往的车辆

有的， 落在爬墙虎上， 变成
一片叶子， 站在城头， 阅读阳光

有的， 驻留在视网膜上
化做一只白内障， 供自己观赏

而我天生不是鸟人
无法把轰鸣的飞机， 翻译成归来的雁行

时间， 或者自在

万物自在于即刻的形态
时间站在高处

一些没有放弃的记忆
被揣测着，成为
别人珍视的历史

时间泰然自处

想用一生隔离世界
春夏秋冬感知冷暖
花开花谢， 如雨

有一种时间让世界安静

至于六月

一个生命， 陪着另一个生命
一个生命， 点点滴入另一个生命
一条心电图， 走着另一颗心不屈不挠的曲线
一只手， 拉着另一只手
分不出你拉我， 抑或我拉你

病房。 窗外
一个太阳， 照出无数个太阳
一个太阳， 陪无数太阳， 节外生枝

至于六月， 挥之不去的赤焰。 焦灼。 湿热。 烦闷和悸躁
你说， 给它做一次手术吧
策划一场孤立无援的风暴， 并穿越过去

譬如把三月和六月， 切去
把二月的春风和七月的晴朗， 缝合在一起
譬如在暴雨之上
用闪电做一把分界前世与来生的伞

穿越者， 手持柳叶刀

把时间的切片置于显微镜下，　寻找人生的细节
酒精棉，　飘为白云
想为漫不经心的时光去尘

背景，　应是璀璨的彩绘
即使虚构的蓝天，　也在绿叶之上

诞生

灰色天空释放一抹淡淡的蓝色
跋涉中的背影辨不清方向

谁跪下， 双膝生出石头的根
头颅长满变幻的云

裸露的心与海一同跳荡
每一次停歇都是一次造山运动

水沿着山势
找到飞行的形状

风模仿闪电
穿过无尽的空旷

暴雨夜，　一滴雨

暴雨夜，　一滴雨不停翻腾
躁动中辗转反侧思考着人生

为什么漂浮在这一个时空
而不是黎明前一枚晶莹的晨露，　花瓣上绽放

左冲右突，　把风的面罩都撕破了
疯狂的冲击也扯不碎暴雨夜的黑幕

吃不准长大了，　还是刚刚出生
落地而碎的是自己还是另一个思考人生的雨珠

穷尽一生，　只为证实
作为一滴雨在暴雨夜，　坚守着寻觅

——崇高，　就是立在天地之间不扬不卑
或者是站立在浪潮中最高的一株

风，吹在路上

风来搜身。 从我们身上， 骨节之间
寻找东西
把仅存的温暖， 收走
换上另一种空气， 包裹着我们
仿佛有另外的事物
也在共用我们的感觉与肉体
而那空气， 虽然新鲜却陌生， 来自未知
让我们感觉， 置身于别处

沉思：　在巨石阵

我无法听懂他们的语言
有一种物体，　把我们简单地隔离
来途上，　我听不懂
司机抑扬顿错的解说
石阵前，　我听不懂
石头里回荡的深沉的低语

我只能用眼睛抚摸当前的世界
虽然阳光的移动，　和中国的一样
虽然平原的风吹，　和家乡的一样
但是，　雨落在索尔兹伯里的土地
石头，　敲打着雨
那是异域的密码，　久远的仪式

英格兰少女回头微笑
我的仰望
驻留在石头上
广袤的田野泛起绿色的光辉

时间之虫

我感到， 光线异常明媚和温暖
昨天被剪下的阳光还在客厅闪耀

时光所能占据的空间， 或大或小
像一枚虫子爬出小洞
膨胀， 直到将万物囊括其中
找不到纵横交错的坐标
我置身于球体之内， 一伸手
触摸到球壁， 一伸腿
漂浮在球内， 明亮不着边际

我不知道宇宙有多大
这个世界的中心究竟在哪里
许许多多别人或者自己的祖先
站在坟头， 笑容殷殷
许多虫子爬出来变成人类
笑容殷殷， 许多球飞行而去
从未碰碎我所在的更大的球体

过去、 现在和未来再不是

一条线的风筝， 它们一起围坐着
看不清哪里是开始， 哪里是结束
分不清哪里是圆心， 哪里周而复始
我只能以我为主
剪下一截未来的阳光
晒晒过去的那些梅雨天气

上午的纬五路

此刻， 阳光下， 空旷安静的街道
唯一的主人， 是悬铃木了
分立， 路的两旁
紧张地抓住水泥和石块的围栏
它们交合， 在上空
形成穹庐， 覆盖了翼下的安静和空旷
每棵树上， 都有锯掉横枝， 留下的窗口
藏着， 住在里面的岁月

鸟雀之喜

飞落之时，　刚绿的枝头上下跳动
突然，　一种
喜悦从心底泉涌。　感觉我在飞翔

不知是否感应了我的心情
她在笑
来自会心的印象派

空气中，　涟漪被叶子推了回来
叶子被鸟推了回来
鸟被空气推了回来

想起，　描绘人鸟的诗歌
我也在笑
此时，　门恰好被阳光推开

时间，或者存在

相对于踏歌的岸边树
枝丫的影子显现了河的流走
（水在）
相对于你，我在

你说
我没有青春，没有未来
（你在）
我说，你没有开始，没有结束

像时间依赖太阳和月亮
我依赖死亡后的现在
风，从不需要方向
（感觉在）

时间，是暗物质
站在你的意念
以外，静止

最后一天

最后一天，　我们把最后一发子弹
命中了时间的靶心，　无声息而且不用瞄准
最后一天，　我们挽留了所有经过眼前的事物
包括落日，　作为瞳孔最后一杆燃尽的火炬
最后一天，　我们说完最后一句话
无声，　但让所有人都能感到惊天动地

原来那一天，　晨雾缓慢地升起
并没有遮蔽夜晚淌过的河流，　还有
河流也载不动的沉重的物质
原来那一天，　信使如约而至
我们被告知，　为了那一天
我们已经用了一生练习

那一天，　我抱住你凝视的眼神
说：世界，　我爱你！
那一天，　你扯着我命运的袖口
说：大地，　你是我迟归的唯一！
也是那一天，　我们把路过的田野悉数收割
燃起最后一丛篝火，　筑成坐标

我们始终把今天当作最后一天

拉紧时间的行囊，　随时准备结伴启程

又把最后的一天，　作为今天的开始

抚摸着新生的太阳，　让春心

无处不在地荡漾：　那一朵天使的脸庞

那双一直看着我们的眼睛，　我注意到了

那不是召唤

而是呼喊

随便 7 号

头颅低垂的饱满的正午
悠悠的钟声震落默读的人
翻过尖叫的玻璃窗
以及玻璃窗边的鸟笼
在我的肩头沉落

因为你的照临
来自五岳的雄风化作黄光抚拊抚的蚯蚓
在柳畔蠕动
丝丝的声音营造一个花室

我仰起脸
为你踏我的鼻翼登上天空拧开胸前的纽扣
我挠破茂密丛林中的土地
在所有的皱纹里寻找你永远年轻的花

但是我摊开手
让祖父遗留的矿藏
接受阳光的投射
你是我的地狱
爱人！

今又重阳

山河依旧， 明媚如奔腾的雕像
只是微凉

匍匐的秋草， 嬗变的松针
化为土地的颜色， 隐藏

极目之处， 东方的河流
傲然挺立， 扭曲太阳的形状

俯瞰之下， 西湖波光粼粼
破碎的镜片， 供奉同一个太阳

平原之野， 一望无余
正在定制秋后统一的行装

金色的菊皇， 光芒被折弯
把菊丝簇拥在胸前
做出燃烧的姿态， 模仿太阳

菜市

生活就是菜市， 不管有没有人说过
这都是本世纪最深刻的命题
在这里， 你只选择你需要的
不需要的， 你不屑一顾
在这里， 一切都要付出， 不管买的还是卖的
都要把生命交付于眼前的日常事物
在这里， 争吵是一种常见的交易
都想抬高自己， 压低对方的价值
这里没有国界， 没有外语
几片菜叶子成为主宰世界的事物

春天里， 一朵杏花

漫山遍野我们开了， 白得改变了山坡的颜色
白得像寂寞

在看似枯萎的枝丫， 我们亮闪闪盛开
但是我们寂寞

我们掉进游人的眼睛、 鼻孔、 照相机、 Wi－Fi 里
也看见寂寞与你们同在

我们炫耀在你们的节日， 绽放意味着死亡
飘落的白花瓣， 告诉你寂寞是怎样飘摇的

我们期望另一种存在， 作为果实喂养你们的先人
然后伴随寂寞一起长大

就这样， 寂寞悬挂在枝头
我们绚丽至极太缤纷太热闹太短暂太久远了

变化

小雨从天上下来的时候
寒冷，　顺着绳索一起来了
我躲在衣服里面的躯体无从抵抗
只好把一栋房子披在身上
并且做成伞的模样
让大地举着

万有引力

我们设计多种想象把事件还原
让掉到牛顿头上的苹果， 返回到树枝
再把苹果退回到花朵， 春风
刮回雪花， 牛顿被砸的
头痛也在苹果落下之际消逝
落下苹果的那棵树
在牛顿经过时还是一颗没来得及发芽的种子
这样就不会有万有引力

为此， 我们还要
把格林的 《哲学原理》 一个字
一个字还原到刚动笔的样子
把伏尔泰听到的故事， 从他的耳朵
将每一个字母回送到
牛顿外甥女涂抹了艳红唇膏的嘴巴里
还要把一百年后
伊·特纳在原址上补栽的苹果树
还原回种子

我们装作什么也没有发生

将事件发生的时间一一抹去
直到发现：　沿着万有引力
也回不到落下苹果的那棵树

人格

祖母已经走了很久
她留下的鬼怪纠缠了我一生

那些千年树妖变化的翩翩少年
那些山神装扮的白胡子老头
那些夜晚化作少女的狐狸和黄鼠狼
一直左右着我的想象

我愿是赶考的书生
痴痴守着村东茅屋的些许荒凉
点亮一盏豆大的灯
念着黄金屋， 颜如玉， 状元榜

多少年了， 那些鬼怪
也没有修炼成人的模样
做一个人好难
它们一定一边感叹着
一边守望着登上彼岸的渡口

送行

其实， 你走的时候
我一直守候在你的左右
虽然扯你衣袖的是风
或许拂你脸颊的是雪
但你转头的一瞬
我轻轻帮你转动了前行的方向

其实， 我就在你身边的耳语中

当我收拾完返乡心情
悄然躲进你的眼睛
纵然离别的火车， 以流光速度
纵然黑夜， 飘扬的雪， 已被车窗隔离
我总是一抹光
在你照亮行程的瞳孔里

其实， 我蛰伏在你身体的某一处

那里， 有一种语言
呢喃着许多关于旅途的前尘后事

随便 10 号

成人的舌头吐着石钟乳
只有你， 吐出青草的分子

恍如隔夜的雨珠
自绿叶滴落
这片土地
到处都有乳房鼓胀的吮吸

草叶舒展
翠鸟以天空为湖
黎明升起， 明亮在根部

花瓣们合掌
水向上流， 蝴蝶
紫色的蝴蝶飞进你的瞳孔

凡有植物的地方
都有你的眼睛
你是活泼的植物

28

我想保留这些赞美的词

在你山岚清流的空间

山涧明月如水之际，　日出鸡鸣相望之处

没有多少词

清风一样成为你，　一个山村的专属

明媚，　清新，　恬淡，　和谐田园，　诗情画意……

我愿意为你重复再重复，　还要

加上一些感叹的语气

在我初次见你的时候

在我离开的时候

在我回忆的时候

在我心中供养的灵台之上

当我回到城市，　雾霾埋藏新年的阳光

我想保留这些赞美的词

卷二

绿叶用手臂托举太阳

与云书

天空， 长期晒不了太阳
也会长出苔藓
并以云的形状伸展

云朵， 长期缺少了雨露
也会枯萎
并以树叶的形态飘落

我所看到， 滴着雨水的云
一定有人在替天空
拧干潮湿多日的衣服

我能望见， 白絮一样的云
一定是跨越了四季
连树叶都不再需要绿色皮肤

我看万里无云， 也是云
我看云， 却看不到一万里

大草原

其实，我有自己的草原

奔驰的骏马时常

把心壁踩痛

很多时候

我平静如大海

只为我的草原永远绿着

见你辽阔的草原

从天际那头弯曲急转而下

星星点缀着蒙古包

很像我怀想的某些人和某些事

也有奔马或牛羊

让生存恬适得像日落一样平常

黑仓鼠挖断的神经

我也会隐隐作痛

此刻

冷月即将一片片雪落下来

我的体内

多出一片幅员辽阔的原野

而时间
正孤独着从那里路过

时间，　无处不在

大地一片死寂
荒凉的喧嚣已成为常态
当常态变为死寂
死亡的物种已变得久远
雪，　下在无人看见的地方

活着的，　活着的
以喧嚣的荒凉为终点
死寂，　照亮大地
让空间塞满时间
时间，　走在无人走过的地方

你的人生斟满了酒
忽然，　拿起了别人的酒杯

做一个最小单位

在清晨的阳光普照之前， 我想
做一个最小单位的人

在轻轻摇曳的叶片上， 盈盈欲坠
随时滋润
那供我生长的微如毛细血管的根

我还想， 滴落之前
吸取足够明亮的阳光
让承载我的绿叶， 也以为
她正用手臂托举着太阳

我还想， 我身上的光
自如地挥洒在周围的空间
让经过的风， 也以为
她正把花粉传播到四方， 让受孕的
光子盛开在随便一株鲜艳的花朵上

我还想， 做一片小小的天空
在有限的时空做着无限广阔的梦

让我的世界旋转的原子，　也以为
徜徉在浩瀚的宇宙
像星星一样

其实，　我还想
做一个有质量的灵魂
沿月亮的引力飞行
让我的潮汐
微微荡漾

高层大厦， 一扇窗子

这扇窗子没什么不同， 既可透风
也可以看风景

我要你从这扇窗子去看另一座楼的另一扇
你要发现， 那一扇走过的春风暖不暖

那一扇窗子后边有没有人朝这边看
我要你看清楚那眼神， 有一个季节在变幻

微笑， 愤怒或者痛苦， 我要你
看清楚那是不是一座空房子， 朝这瞭望的是空眼珠

其实， 人生就这么一扇窗子
我要你跳下去

跳下去， 看见还有好多窗子
做着和你同样的事： 生或者死

时间空洞

摊开手掌一看， 这些奇怪的

天体竟然不被我所知

连光都逃脱不了的黑洞， 居然是没落的王子

热情燃尽， 蜕变成一枚瓜子

依靠引力红移

她让时间偏转， 让星球如同扑火的飞蛾引向洞底

可是， 这也不过是小小的把戏

那些看不见任何物事的空洞

裹挟着几十个银河系旋转

仿佛巨大的陀螺被我多抽了几鞭子

但是无穷天尽的暗物质已在视界的周边

打起了哑谜

要么空空如也

要么在时间的缝隙植入一颗小小的虫子

这些虫洞作为回到过去的地道， 或者

探望未来的梦呓， 化为无形

这无边的浩瀚非我所见

这无边的壮阔非我所知

这无休无止的碰撞， 膨胀， 坍塌， 以及毁灭非我所愿

透过手指

我看见好几个宇宙一层层罗列着
一群进化中的灵魂自由出入
从四度空间潜入未知的高维度
是一些时间的涟漪在抖动
让弦的起伏如同梵音绽开
我一直凝视， 等待时机
观看黑洞辐射后时间停止万物湮灭的形态
我看见
有人在我手掌演示了一场游戏

出入四季

冬天， 即将开启

北风点中了季节的软屏， 飞雪随之飘零

一只怕冷的手， 拉上了窗帘

让河流和沉积的雨， 停止呼吸

我走在冬夜的灯下

厚厚的围巾， 皮肤紧张而坚硬

我也出现在秋天

看见柿子， 像一盏盏灯笼挂在树头

叶子已经飘散， 剩下的只有

阻止大风吹过的空旷

我也出现在春天

目睹地下的绿茎， 被来自天空的

手指拉长

直到覆盖大地， 白色的翅膀

由南向北， 划过空茫

我也曾出现在夏天

洪水从脚踝走过， 黄色泥土

留在裸露的皮肤， 从未有过的
茂盛， 让空气低垂

亲眼所见， 我出入每一个季节
每个季节
都在切换我出现的场景

那一天， 我等了半天电梯
却忘记按下上下的箭头

城市里， 一条马路

说起来你不过是一条路， 水泥的肉身
承载一些情感貌不惊人的匍匐

最早你是母亲远眺儿女的目光， 看到哪里
你便延伸到哪里

拐几个弯， 有几条沟壑， 像极了
父亲的心事， 盘算着成长的旅途

慢慢你开始疯狂延伸， 仿佛要超越
城市的历史， 延伸到哪里， 哪里便称为城市

你已经无法停止， 孤独嵌入了你的神经
匍匐下来， 等待抑郁爆发

深夜你站起来， 看着邻近的马路
数着城市楼房的灯， 照亮一言不发的躁动

一片暖阳

相对于感觉而言， 仅只是一片
从遥远地方赶来的阳光
照耀我们
温暖从脊椎荡漾开去
有关暖阳
只要脊部的那一片就够了

湖水被凝结之后
铺天盖地的阳光纷至沓来
温暖， 四处闪耀
有关暖阳
只要岸边融化的那一片就够了

据说春叶只有阳光才能光合
她们吸取二氧化碳
借着阳光的温暖， 酿造宜人的氧气
有关暖阳
只要每扇叶面的那一片就够了

有阳光的天空， 才是晴朗的

相对于晴空而言

只要太阳那一片，　就够了

立冬

年轻时， 曾经困惑
如何让冬天立起来
忙着把秋天放倒， 收割， 入仓
让北风顺畅地吹

现在， 已经若无其事
把冬天立在心里
目睹树叶黄了， 落了， 烧了
表情像田野一样空旷

后来， 可以想象
我们把地球穿在身上
冬天立在山头
向苏醒的春天瞭望

一棵冬树

季节变了，　冬树是知道的
每天面对的高空，　都与从前不一样
天空的发际线向后退了
就知道，　长得越高离天越远

从春树一路走来
风吹叶子，　拍打着同伴
和吹动枝条，　发着不同声音
就知道，　什么季节吹什么风了

被稻草一圈圈捆扎
用于把体温与寒冷隔离
原先因为是小树，　后来因为树老了
就知道，　一生的任务就只有活着

脚下的土地越发僵硬
深植的神经，　越发扎不下深度
反过来发力于渐苞的桠口
就知道，　生长的机会不是随处都有

也许夜黑风高

雪刀从站立的地方四处飞窜

就知道， 处乱不惊才是必要的

切开一片雪花

我被这盛大的雪围困很久了
我被这些宏大的事物纠缠很久了
无边无际， 犹如混沌来袭
看似自由自在飘摇而至
却把天空和大地， 隐藏得无声无息

窗含， 西岭， 千秋的雪
以致我不敢推开紧锁的窗子
生怕眼前的世界随风消弭
我想深入一片雪花
寻找那个不断繁殖生生不息的契机
我很想
切开一片雪花， 解剖一次生育过程
看一看什么力量支撑她无端飘落
漫天飞舞

伸开的手臂
无法承载飞翔的意念
远望的目光
不能穿越风雪弥漫的时间之城

这是一个多么沉重的命题
从一片雪花上
发现生命的意义

居住在时钟里的人
也许并未洞悉时间的源头
我却不能躲进一朵雪花
自由地寻找厚积的人生

随便 3 号，或静止

一生埋藏在垂眸中
远方的树，撩穿静寂
循季节的皱纹遁去

一个夜晚的情欲
本不屑一顾
让嘴角无声地弯曲

暗淡在暗淡的昏睡里排泄
轻指一弹
滚落进指定的游戏

孩子就是飞来器
激荡，自遥远的宫腔射出
化为乌有的葱郁
在世界背后
消受千年万年的月环食

水晶洞旁的长胡须草
枯了

还会再长
一切的一切
刻在成熟女性的脸上

扯着飞机飞

1.

从济南到武汉， 扯着飞机在飞
煽动一对蝴蝶的眼睛， 假定
目标， 有若干秒钟的距离
感觉比大地踏实， 从不担心
掉进天空深处

2.

身边流过温柔缠绵的云。 凝结
水分子， 穿过睫毛的空间
起初淡淡的
之后浓浓的
然后一团一团的思念， 朵朵盛开

3.

此去， 经年有回忆
被蔷薇刺红了手指

一次一次泛起， 在你眉山积聚
武汉桥边的潮汐

4.

飞机， 明天下午 15：40 起飞
大地扯得
我的翅膀好沉

十笏园

历史在青砖灰瓦的院落间， 穿行
偶尔停下来读一读， 简介
是官员故宅， 还是鲁东明珠
始建于明代
还是安置潍城首富的多房姨太
不同的性格
筑就各自的喜好， 气质与格局
砚香楼终不是艳香阁
沧浪亭也不能聊避风雨

时间只是一道道宽窄巷子， 走着
牵手祖母的少女， 寻找
诗意的莽夫， 三五成群的过客
一个声音
从扩音喇叭中拥挤出来， 穿行
在如亭如榭如楼如堂如舸如舟之间
落座于小如笏板的美人靠
啊哈， 历史只是小憩
用一座园林， 笼住杨柳和风雨

一缕时间

从纬五路， 向东， 沿经二路
经纬四， 穿过纬三， 走到纬一路
在 131 号， 被冬树遮挡的地方
我缓缓升起， 去往办公室

电梯中， 一位矮小的同事仰脸
向我讲述昨天也或者昨天的昨天的趣闻
我俯视他， 原来我
已经完全超出了预期的高度

回到办公室， 赶紧查看地球仪
原来我， 能把这么大的空间尽收眼底
趁机， 我调阅了宇宙起源的视频
146 亿年， 果然可以一览无余

于是， 回过头我看了看自己
原来我， 脱下外套才能看见后背的字
只好把自己做成一个序列， 比如照片
或者制成同模样的机器， 与人类相处

窗台上， 一只冬雀呼叫阳光
循声望去， 我看见
一缕时间， 沿着窗玻璃逃逸

莫言旧居

高密东南部， 莫言文学馆的墙壁上
写着： 千言万语， 何若莫言
高密东北乡， 莫言旧居的街道上
售卖着菜刀， 玉米， 玻璃珠和吆喝声

阳光， 陈列在平安庄的空地上
旧居， 摆放在 1912 年的街中央
莫言， 悬挂在剥了皮的土墙上
一大群名字， 成了莫言的同伴、 老师和兄长

大栏学校， 现在叫莫言小学
教室里， 复原了 1961 年的课堂
莫言的座位被一个铭牌锁住了
同时锁住了贫穷， 苦难， 躁动和渴望

村里打扫过的街头小巷
立起了一个又一个木桩
莫言的名字爬到上面
有的指引方向， 有的招呼远方

这里的酒都叫 "红高粱"

都用大红的盖头蒙住了酒香

2019 年 5 月的一个上午

被一个名叫散皮的诗人， 重新蒸馏并窖藏

生命

这里鱼贯走出一个又一个生命
殡仪馆的正门， 角门， 栅栏的外侧

这些生命送别了一个生命， 一个生命
透过栅栏， 看着一群生命走出门口

当黑底白字的匾牌， 冉冉升起
你用人间的名字， 凝视一片低沉的头颅

死亡， 就是二十分钟的转场
你躺着， 让别人验证站立的孤独与幸福

角门再也不会关闭， 司仪姑娘
已经惯常于迟缓凝重的语气

音乐连接着心和眼睛的距离
眼睛连接着生的仪式

你肯定看见了一些生命鱼贯而出
就像我看见你， 若无其事地打量人世

生命，　只是存在的一种形式
我回头的瞬间，　叩门声若有若无

历史的版图

二〇二〇年， 一个超长的春节假期
中国的版图， 突然改变了格局
斑斓的色彩
被深浅的棕褐所代替
仿佛九百六十多万平方公里
布满了火一样的焦虑

一个十四亿人口的国度
突然， 居家空巷
把街道留给了救护车和空空荡荡的斑马线
所有的人， 都惜字如金
语言， 被口罩过滤
所有的主题都指向一个名字：
新型冠状病毒肺炎

人们聚集的场所， 限于医院或者居家
人群分为两种： 病人或者亲人
对于未知的恐惧
人们更愿意紧闭房门
让心灵守住安宁和放松的净土

但是， 从来没有这样热切
人们关心着门外
关心着千里之外的人， 是不是安好
是不是经得起疫情狂狷的洗劫
隔离， 是物理的
人心在一起

在深深浅浅的棕褐色版图上
有一种白色穿插其中
据记载：
二十一世纪二十年代的第一个年初
大批白衣天使， 扇动白色翅膀
飞临中国的家园
就像布施甘雨的使者
让所有被疫情困扰的火一样的人
为之心跳

庚子清明

这一天， 被一片灰色灼伤
电视上， 彩色的台标， 失去了血脉
频道以黑灰的视觉， 提示清明的到来

阳光下， 并没有下雨， 风异于往常
除了还在暴走的病毒
一切安静下来， 倾听来自内心的悼词

面对烈士， 献身或逆行者， 还有病亡的亲人
国祭， 以山河为墓
3335 个界碑， 立着死的悲壮， 生的不屈

替他们活着， 我听见自己说
替他们活着， 我听见他们说

2020，街景

积雪，　昨夜覆盖而下
冻土中，　我蛇拱出来
进入雪的体内。　在花朵与花朵之间
悄悄伸展，　或暗自羞涩。　我知道
白雪不能长久
终将与泥土融为一体
那时，　我会以一枝枯草的形状
立在街旁，　若无其事

清醒

今夜， 又被自己的鼾声震醒了
我已经小心翼翼地呼吸。 总怕

呼出的雷声， 招来风雨
遮不住时常麻木的头脑。 于是

蹑手蹑足进入浅睡区， 并在那里
不动声色观察睡姿。 直到完全看不出秘密

数着床上的每一分， 每一秒
感觉自己清醒的时间越来越长了

一切都是向上的

墓地，一切都是向上的
所有的树向上生长
初春的花向上绽开
看得见的空气向上升腾
呼吸是向上的，把心情
撩得很高
风景也是向上的，让目光
飘出好远
先人们肯定也是向上的
溢出皮骨的灵魂离太阳更近

只有我低着头
想看清
地下那片轰鸣着悲伤的宁静

时间的过往

我相信， 过往的一切都会存在
秋天的落叶一直摇曳在坠落的过程
飘摇的雪花终生飘摇在飞舞中
孩子， 成长的骨骼
如春天开化的冰冻嘎嘎有声
我相信， 这一切的存在都不是过往

我相信， 存在的一切都不会老去
放眼无边的天空， 深不可测
四季放牧的南山， 安详宁静
飞去的雁阵像飞来的书信
承载着冥想， 温暖， 爱和漫长的坠落
我相信， 这一切的存在都不是过往

"凡活着的生命和
人类的气息
都在他手中。"

卷三　每个人都在寻找那棵树

鹊华之诗

鹊山之北再无山。 好像一个骄傲的宣言：
极目望去， 华北平原沃野千里
不管扁鹊是否同意
山的名字是跟他分不开了

鹊山之南， 华不注山拔地而起
隔着黄河眺望鹊山的孤寂
嶙峋的石头如同向上攀登的肌肉
陡削的身形， 即将一跃而起

曾经， 荷塘把月色与山形藏于水中
华不注山随波摇摆
荻花与秋色分列黄河岸边
斯其时也， 齐烟韵远
把一拢乡愁皴染 《鹊华秋色图》

一个人站在华不注山顶
陡然从苍茫中， 走出一幅景象
黄河如同一道闪电

把鹊山与华不注山

分置在大河两岸，　这巨大的太极图

让遥远的沧桑，　时隐时现

山水之间

有水的地方，　离天最近
靠近天的地方，　必定有山
有山的地方，　一定有诗人
登小鲁
而远天下

有诗人的地方，　注定有传说
有传说的地方都会有河
有河水的地方，　势必有桥
千万喜鹊
只为摆渡有缘人

我不是有缘人，　渡不过前生今世
看看起伏的山峦
天河的源头，　蜿蜒而去
千古情缘
永不会重现

即便桃花烂漫，　樱桃暗自神伤
太阳垂垂西落

72

那条河也还在我身上漫漶
山可移
而水不转

那是你内心长出的骨头
让执念
撑住山川

登山

伞一样肃立的柏树分列两旁
向上生长的杨树也列队两边
提拎着槐花的物种站在一旁
刚刚爬到路边的杂草覆盖了大地
诗人走在中间
看着， 诗人安静地登山

"时间， 你走慢些
不要打乱我的脚步"

天空此刻分列两旁
逐渐远去的大地也分置两边
出生了千年的石头坐在一旁
脚下的草丛顺势流下山坡
诗人站在山顶
看着， 诗人远眺的风景

此刻， 我的心渐渐平复
阳光照耀之处皆是守望的领地

时间之门

济南，日照，两个城市
公路338，铁路472公里，日出
在日照，8分钟后才能照亮大明湖
恰像太阳光临地球的距离，1.5亿
日照是故乡，生的时间记忆
济南是更高大更伟岸的大房子，活的时间旅途
目睹趵突泉涌动酷夏，会想起
日照海滨暴躁的汹涌，撕不碎的水，从未流逝
遥望千佛山万松波澜，我看见
丝山、奎山、黄墩山、烟墩岭，波涛声嘶
日照，田间小路，泥泞
使我怀念济南坚硬的水泥和地下堰塞湖
散落山坡的故人墓，仿佛
灵岩寺的浮屠，闷声不响的风景
假如大雪封盖了乡村，世界白得清新，空得辽阔
济南甩泥的轮胎和打滑的生物，照样
拥挤在脑海里，这些画面附丽在哪一个
谁的时空？有时

日照是我时间的开始，有时

济南成为我时间的出发地，　有时
脑海荡漾南京的玄武湖，　我的时间
又一次不可自抑地开机
对于这些城市的时间之门
如果没有我，　还有什么意义

山中一日

山中无老虎。　诗人的笑声
惊得鸟雀别枝。　沿逶迤的云路
探访牡丹园，　芍药池
遥看九天画廊
仰望天象的佛形石，　夜宿
天上人家
离尘世越远，　靠心越近

等到大雨忽至
诗人的情绪，　从天空急速降落
汇聚成泛黄的河流
匆匆朝山下奔去。　及至
雨后天晴，　星空辉耀千里
诗人欣然登高
只是摘星的手，　不及山顶的一棵树

万印楼

终于， 闭馆维修。 把匆匆的兴致
置于清代建筑并不久远的阴影里

就连创立者： 陈介祺
也只能行走在百度

想看毛公鼎， 在四百九十七字铭文中
找寻两千年的笔势与纹路

想看印谱， 在一万零二百八十四钮钤印里
分辨历史的坐标与位置

终于， 四个字， 把里外分割
里面， 泥封着慕名者的观望与好奇

外面， 万印楼
孤独地看着路人的行走和注目

一款历史的铭章， 就这样盖着
却迟迟不出示刻好的文字

抚摸北宋熙宁三年的城墙

一片种植北宋韭菜的土壤，　竟被你

一手抚过

那退隐到土壤下面的北宋，　是否

也如你的手，　颤抖不已？

韭菜，　割了又割

每割一茬，　便有一个王国重新发芽，　泛绿，　蔓越

然后用泥土封装

我好奇

被你抚摸过的城墙，　能否松软下来

让久远的沉默

再一次破壁长出绿叶，　而不止于想象？

不过，　意会仅限于一瞬

会不会出现这种状况：

被你抚摸后，　土下的北宋颤抖着醒来

突然发问

南宋的汴梁，　今如何了？

坚硬，　如墙

山区集市

人间交汇的不一定是路， 不一定是天上的星斗
交相辉映
这里一切的摆设， 都要看摊主当天的喜好与心情
或在路边， 或于棚下
或上支架， 或深植泥土
所有的规则， 都不在乎横平竖直整齐划一的形式
韭菜歪身于化肥袋上， 新切的伤口
有汁液拉着长丝， 恋恋不舍于刚刚告别的故土
蒜薹一直弯身子， 寻找前世的根部
日常用品都标榜着日常
睡前用过的和醒来用的， 正在寻觅合适的躯壳
每个摊位， 都有二维码
人间市场被交汇， 辐射到虚拟的网络城池
把讨价还价瞬间化作幕后交易
游人们拿着身份识别器
面对中意的
眨一眨眼睛， 像极了热恋中期会意一笑的女子
我想起， 激动人心的斯卡布罗集市
各种蔬菜、 花朵与姑娘
都等着， 那封捎来的信抵达想去的地址

泥淤泉记

凿穿沧桑而出。 石板夹立的国土内

象征原始森林的青苔， 表达着春风拂柳的流向

颜色深黑， 用来注解历史

有一些成片的碧绿， 说明当下还在生长

关键是昭告观察者： 历史来源于现实

至于旁边的树， 歪斜但茂盛

一边是枯的， 另一边还没有枯

依着拐杖一样的青石

旁立唐槐的刻石

尽管不是唐朝的笔法， 但是有一种唐人的情怀

从看见那两个字开始， 汩汩而出

疆域本也不大， 东土是一住家

西域是一住家

北方是面阳的半山坡， 坐着坐北朝南的解说词

原来的功效， 用来煮饭烹茶

如今新添了一项功能

作为我们兄弟身后的背景， 见证凡尘

南山砍柴

或者叫劈柴， 我用生锈的断把的斧头
狠狠地砸向植物的骨头
它们不规则分裂， 没有哪一片还原成原创
声音也从啪啪到嗒嗒， 不遵循起初生长的规律
劈柴， 我不是为了生火
特别是无名之火， 山林禁火以来
植物们没有原则地生长， 火是它们陌生的敌人
那种被和平惯坏的做梦想见的敌人
裂骨之术， 或许给它们创造新的出路
劈开， 不用整齐堆放
好像傲娇的栋梁， 很多时候要抽掉它根部的水分
从它纹里的成长史， 抹去年轮
喂养阳光

印象：爱丁堡

爱丁堡城堡布满历史的石头
卡尔顿山是打不开的时间
遥相对望的时空之间
王子大街，像一条暗河
把历史和现代汇入滚滚人流

城堡里暗藏了多少宫斗的传奇
斑驳的石头上，隐隐变幻着窥视者的眼神
而那一排排漆黑的火炮
把一个战斗民族的气质
赫然矗立于无法后退的峭壁

卡尔顿山上，纪念纳尔逊将军的纪念塔
建筑成望远镜的形状
缅怀阵亡士兵的国家纪念馆
只建成巴特农神庙的廊柱
矗立着，如一座未完成的雕像

不远处，哲学家斯图尔特的纪念亭
迎面而立

正好对应着纳尔逊大炮的瞄准器
但是，　关于大炮要摧毁的目标
我却得不到启示

时间， 生长的石头

学会与时间相处， 竟是一生
不可更改的课题
胡须被岁月喂养， 又被岁月磨碎
飞为尘埃

寂静的夜晚， 时间凝结为梦
如同喧腾的尘埃
一粒粒雀落于心头
堆积成石
生命， 重心下移

时间越久， 石头
长得越大越
靠近泥
土

千佛山

微风闪烁
吹皱了一山黝黑的松波
雨， 两点， 三点
轻轻催眠夜的眼

这是千佛山
一个被太阳熏黑的夜晚

千万个小水珠
被稠密的静寂托住
就像千年的大佛
经过灿烂的喧哗
陷入沉思

这是千佛山
一个被山会的躁动整得好累的夜晚

松针的争吵
和雨珠中的太阳一起
走进回忆

只有隐秘的老树干
宣示着一段
长满老人斑的预言

这是千佛山
一个无法书写也无法申述的箴言

老人石

他的儿子都是老人了
你还是一个老人的儿子

他站在你的肩头望他的儿子
就像你年轻的时候
肩驮着儿子
让他从小习惯海上的呕吐

他把你当作一块无名高地
没发现你肩头纤绳的痕迹
你依旧慈祥地
掬起一捧浪花
好像你年轻的时候
要把大海撒向你年轻的儿子

他的儿子都成老人了
你依旧是一个老人的儿子

他站在你的肩头望他的儿子
他的儿子在海上也记不起

关于你的往事，　你的
眼睛尽管那么忧郁
他以为
那是老人斑爬满了你的眼珠

他把你当作一片风景
没看见岁月咬碎了你的裤腿
他和他的儿子在这里嬉戏
摸到你冻僵的胡须
还以为
一张破碎的渔网
不幸被风浪拍到海岸线上

他的儿子都是老人了
你依然是一个老人的儿子

随便 1 号

别让我离去， 离去
也还是坐在你的身旁
犹如阳光熟坠的女性的海滩
灵魂横卧
好让你的柔波荡涤我的不安

一切都是假的
你轰然的车队、 驼铃和金戈铁马的交击
轻易震落我梦寐的楼阁
恰如温顺的小兔
一时失却了觅食的悠闲

看你从远古的边缘滚滚而来
君临于众生之上
把宇宙绞成一团尖锐的叫喊
每一个动作都是一个声音
每一个声音旋转成凛凛的蔚蓝

我的灵魂受惊

松弛成一朵古堡的惊叹

肉体却如小兔

惊怵于阳光熟坠的梦寐的海滩

风景， 生长于语言

崎岖的青龙硚， 夹立的峭壁间
一只鲤鱼奋力跃起
她的肉身被风夺去
嘴唇被水凿穿
鱼尾跃动于意念坚硬的石板中
透过雾泉弥漫的气息， 我看见
她跃动了若干次
落下， 又跃起， 已经若干年
忽然， 经过
导引者的指诱， 大象
在千年的峭壁上缓缓走动
脚步轻灵地一闪

归途， 颠簸的汽车
使游人失语。 我看见
前面隆起的发髻上
透出三分钟的青春
后面的人， 看见了
她的过去

乘火车旅行

背起行囊就走。 身后
洒下一大片田野、 村庄、 沟壑和城市

乘着火车去旅行， 兴奋的抛物线
以汽笛的长短， 呐喊
每一个站台， 重播一个又一个 《十年》
留下一支烟， 袅袅升腾的空间

间或穿越夜晚的隧道
一堆清凉偎在心头
寂静渐次沉落
心绪慢慢蒸腾， 我发现
夜晚在动， 火车不动

有一种轮替的时空， 雪的白
融化得黝黑——梦醒时刻
阳光打湿了车窗
晨鸟作势飞行， 我发现
太阳在动， 火车不动

偶尔跨过车厢与车厢的连接

喧嚣从两端纷至沓来

被卸载的身影又从下一个站台登陆

面孔， 熟悉或陌生着同一个表情

如影随形， 我发现

火车在动， 我却未动

山间小路

这千年的胡须啊

飘在白发苍苍的老山上

您是睡了，　还是醒着

父亲

一任粗犷的风把它撩向远方

本来可以攀着它

荡起生命的秋千

让我嫩绿的心

随风舞蹈，　激情飞扬

让生命高高低低地起伏

览遍天上人间的风光

本来可以把它绕向手指

戒指一样

举行人生最隆重的仪式

挥舞着

点亮宇宙深处的矿藏

这千年的胡须啊

飘荡在白发苍苍的老山上

父亲

我抓不到

只有渴望

随便 4 号

明朗是明朗的声音所织成

我经历过黄昏、 清早和星空

群山懒惰又奴性

昨天的剩烟头在头顶复萌

月亮如梦

擂响了世代相传的一口大瓮

而清早叫着

清早的大鸟小鸟在叫着

清早的大鸟小鸟的飞翔在叫着

而扶桑之树的红果子在叫着

剑齿虎惊怵于时间的咳嗽

龟缩进大山的深处

生或者死

远古的飞翔为城墙的楼阁所固止

男性的鸽子

女性的鸽子

男性女性的鸽子

飞往新生的大陆

清早叫着

为大瓮吹奏安魂曲

<u>03</u> <u>33</u> | 1— | 1— |

<u>02</u> <u>22</u> | 7— | 7— | ……

时间的化石

在石头与时间之间，　我不知怎么连接
把石头放进时间之海，　还是
把时间绑在石头上，　做一个不可移动的标志
我对化学了解得太少
又不想陷入物理的世界，　所以
我把自己塞在时间与石头之间
充当一道没有计算符号的数学题

石头越长越大，　我的心越来越沉
时间逐渐纤维化，　散作云雾状的暗物质
于是，　风用叶子的簌簌声，　翻译时间的语言
石头，　则讲述泥土的历史
只有我，　躲在望远镜一端
仿佛世界在另一端，　发现了自己

大约到了喜欢回忆的年纪
总感觉，　对不起青春那些风雨

唯有深沉是藏不住的

百年之后， 站在胶济铁路陈列馆外
倾听汽笛， 穿越百年的风雨远去
这座并不巍峨的建筑
在绿树掩映中缓缓走出时光的帷幕
是谁？ 让你如此沉默
沉默着， 如同一面迎风肃立的旗帜

是谁， 投下第一块奠基石
撑起了这座百年的记忆
是谁， 铺下第一根骨头一样坚强的枕木
延伸了胶济铁路跨越时空的脚步
是谁雕凿了这些粗犷的石头
让风雨鸣奏起时间匆匆流淌的史诗

是谁， 第一次
让号志灯的信号穿越历史
作为一个坐标横亘在齐鲁大地
是谁， 拉响第一声汽笛
让回荡在铁路人心头的怀念连绵不断
将那一声呼唤洒遍神州万里

是谁，　第一个走出站台
在发黄的胶片上悠然而留恋地散步
作为一个时代的标志嵌在了灰色的墙壁

墙壁上，　钟表只剩下框架
那些时针已经化作层层卷过的风云
值班站长的身影，　变成了蜡像
那上面落满了岁月的风尘和后来者的目光
有一截钢轨依然在延伸着
一直伸向未来
连接着百年悠长的向往

一代又一代铁路人，　在这里挥洒着汗雨
把这些历史变成了父亲静静的凝望
一群又一群过客，　步出站台的风雨棚
那些影像仿佛扑向了母亲殷殷的目光
可是，　历史已经沉默
沉默着，　如同一座安静的雕像

唯有深沉是藏不住的
这位沉默的老人
用百年的光阴雕刻着我们的想象
唯有深沉是藏不住的
化为时间的石头
敲打着我们有关铁路有关未来的梦想

找寻： 苹果树下

这几天， 我反复背诵 apple tree 这个词
研究它如何通过成功的下落， 把牛顿的智慧砸醒

来到剑桥
不为凭吊徐志摩再别康桥的感怀
也不去缅怀拜伦的轻狂逸事
甚至不关心达尔文是不是从剑桥开始研究猴子

我只关心， 一棵什么样的树
在什么时间， 通过什么姿态下落
思考什么问题， 专注到什么程度
才能击中智慧的焰火

三一学院门口， 我看见了那棵树
绿色草坪拱卫中， 似乎正等着行人经过
驻足于苹果树下， 想象苹果压弯果枝
那些怀抱书籍的学子
那些沉思人类命运的教授
那些立志开创未来的大师
一定冥想于牛顿的时空， 围坐在树下

品味历史， 期待事件重播

其实， 每个人都在寻找那棵树
只不过被砸出的不是智慧， 而是疼痛

卷四

月光驻留在起伏的草叶上

时间， 一望无际

你不可能， 梦到我
你的梦境中我置身于一片桃林
我品味你的感觉
现身在一望无际的时间

夸父， 你的身形足以
塞满我的梦境， 宽大一望无际
云块一样匆忙的脚步跨过
人头一样起伏绵延的山峦

你追逐的是否是你想要的？

追日是不可信的
世界岂会在永昼的奔跑中？
从你躯干析出的咸
像一望无际的时间， 让黄河
几度干涸

你追逐的是否是我梦到的？

从你的梦境走来
仿佛你走出我的梦境，　我与你
靠近，　两个相邻的梦
在你化身高山、　桃林之后，　月光
一望无际，　时间
一望无际

你追逐的是否是我看见的?

月光中的露易丝·格丽克

十头牛在广袤的草原上， 看月亮
一头牛， 看着那十头牛

晚间吹过的风， 不能给予什么
也不会留下什么， 比如咀嚼出来的黎明

风不会骑牛， 骑马的
也没有脱离生活的途径， 何况月亮挂在上空

大片的月光， 盘旋在周围
驻留在起伏的草叶上， 并不落下

这个世界， 美丽没有特别的意义
空旷， 无尽的空旷， 才令人神往

如果一定要从这里找到什么， 带走什么
那么， 我选择重复：

"因为说真话带来了
自由的幻觉。"

生日纪事

不知道为了纪念出生，还是
记住老去
今天，生日
说实话我真的羞于点起蜡烛

想一想，至今未登上珠峰
我还不知道世界有多么渺小
也没有跑进太平洋，体味一回
哪里的疆域才是无边无际

更不要说，去月球买一套
安度晚年的房子
也或者，到银河摸一只
小时候爱吃幸好还没跃过龙门的鲤鱼

我只是
写了几句猎户座看不懂的诗
思考了几个
一百三十亿光年也没想到边的谜

有时候， 我是希望躲进黑洞的
只怕我的辐射会感染与生俱来的基因谱
也想过， 混迹于星星中间
但是即便发了光， 又会照亮谁的夜空呢？

罢了， 算个仪式吧！
我先点燃太阳
来吧， 儿子
帮爸爸吹灭这根蜡烛

时间的物质

那些设定我们命运的物质

以固体的方式

从我们生命中一点点析出

有时繁盛为星星

并不表明你走过了多少未眠的夜晚

有时以太阳的形象

也没有隐藏多少光辉与迷离

有人用时间命名

他是说时间是一种不能融入水的事物

以颗粒的形状，　刺痛你的记忆

他是说时间也需要一种表达形式

不必用钟表比拟，　因为

钟表只能用来计算生命的长度

111

信

把过去的故事封到地下室
让生活在窗明几净中若无其事

那些岁月
热衷于把青春、 理想和思念平寄出去
然后把思想、 希望和焦虑等在无人值守的传达室
那种生活
就是一张邮票
寄出去的是春天： 等回来的是四季

以小楷的虔诚， 或者
酒后的狂草
文字走出笔尖
就像一群走出村庄的游子
所有的驻留
都在回头的瞬间： 见字如晤

如今， 一个视频， 一条微信
直接收缩了人生的距离

那些来自深空的呼唤，　星星的私语

已经成为失联的密码

供年老的岁月解读

等待一场雪

接到通知， 预告这两天飞雪来降
等着， 等着， 感觉片片雪花
在内心起舞
清晨看到日出， 发现金色的光
并非我想遇见的事物

直到中午， 树影还在婆娑
没有绿叶， 也没有北风吹响的风笛
风， 依然犀利
足够吹痛行人的棉衣
马路被汽车覆盖着， 汽车被灯光覆盖着
灯光， 上面， 空无一物

此刻， 美国加州大雪三尺
转动地球仪
已经难以找到黑色的土地
或许雪骑着雪花迷路了
也许等待的另有所指

看见自己

站到镜前， 不由想起切·米沃什
他那句： 想到
故我今我同为一人并不使我难为情
像一个礼物， 几乎从镜子背后惊艳地跳出
看见
此刻的我和那时的他共处一首诗
"在我身上并不痛苦"
有幸福的流汁从对方润染相望的视角
庆幸， 我还能看到另一个自己：
多少年后， 我牵着地球
如同放飞气球的童子
如此开始一天的幸福！

马路上，一粒种子

他或许是伴着脚后跟来的， 跟着
一个前世叫农民的脚步

脱掉粗糙的外衣， 面露光滑判断
来时他也是异常兴奋亢奋跃跃欲奋的

或许他偷偷跟了来， 潜伏于阴暗的鞋底
笃笃的脚步声或许正是他刻意营造的

来到的地方一定有大片的阳光和湿润的日子
很容易种出大片的理想和成群的飞鸟

他一定这么想着， 这么留下来
躺在马路上， 等待风生水起

一个前世叫作市民的人， 不认得他
匆忙的脚步藏不住他的愿望

深夜， 倾听你的声音

深夜， 倾听你的声音

打湿的窗子， 哽咽的心扉

都说明风雨还垄断着你的睡梦

像树枝不得不拍响树叶

像灯光不得不时明时暗

也像不断闪动的光标

一直等待着下一段文字

有一种情绪被黑暗笼罩

色彩迷离、 飘忽而深邃

被梦压弯的腰

穿越的时光

像一个歌者

在不同的时空和相同的行程中回响

你的声音好累， 凝结着风雨的味道

像挤破的沧桑

小心珍藏着残留的滴翠

你不得不再一次翻晒记忆

你不得不等待太阳再一次升起

深夜， 听不到你的声音
你不打算走过深夜， 却让黑夜走进你的心

时间，　并没有两样

我看见，　所有的灯瞬间泯灭
夜晚的群鸦密密匝匝，　鸟鸣杂乱
看见，　所有挣扎的眼睛掠过河面
无边的疲惫的水泥路窒息呼吸

我听见，　流水逆袭的山川慢慢低矮
色彩，　温度，　形态，　凝固的头发
一些倔强的地下风
涌出来，　附着于形

我回来，　你不在家
却说，　我，　回家了
爱情于紫蔷薇，　只是
回到她开放的时节

关于时间，　拥挤着万千个词语
它们，　一一掠过残山剩水
对我对你，　河边的石头
并没有两样

瓦尔登湖

每个人都有自己的湖。 我的湖
在掠水虫脚上， 她轻盈的步伐
蹬出微漾的水涡
涟漪缓缓延展开去
不断地生长， 扩大的边界
直到与瓦尔登湖岸重叠， 接通内心的灵渠

每个人都有不同的湖。 我的湖
在那片绿叶， 她不会被秋霜
击残， 零落于行人脚下
她不会自己燃烧， 用仅有的热情温暖孤独
她委蛇的叶脉， 仿佛瓦尔登湖水分蘖
弯曲着流出梭罗的领地

每个湖都有野性的生物
跃出水面的鳖鱼， 也会与梦中的雨点重合
水中倒映的红翼鸫
也会掠过憧憬的天空， 也有
树林供我们迷路
也有失群的猎犬被我们追踪

但不是所有的湖都在瓦尔登。 不是
所有湖边的木屋都可供沉思
不是所有的独处
都能进入文字的时空
我的湖， 深藏于地下寒冷的冰方中
只待炽热的夏天
唤出我的清醒

隔离时期的大明湖

雾气， 缭绕， 弥漫在树与树， 树与湖间
烟笼之处
草叶泛绿， 扶起一根根枯茎
直直的， 要活过来

据说， 鱼只有七秒的记忆， 在它的湖里
和在别处， 没有分别
但晴日， 湖面呆萌， 望着天空
换气的鱼， 把天空当作湖， 也未可知

还有人说， 大明湖的青蛙， 不叫
无声无息， 躲在暗处
看往来的人群， 交错如潮汐
或许它们， 早就学会了隔离， 以致
沉默到今天， 不觉孤独

本来， 我一直羡慕那些悠闲的人， 晨练的人
一早隐入雾中， 又轻松在阳光下现身
但整整一天， 也不见人隐入或淡出
原来， 一个城中的湖， 也能隔绝于生活
学习安静， 沉潜， 并自处

与妻书

与其捂着刀口，　不如说捂住即将临盆的婴儿
与其抱住疼痛，　不如抱定一个信念

你可以剪裁一截白云，　作为纱布
装饰不期而至的伤口。　权当蓝天飘起了披风

可以采摘几片绿叶，　用以修剪春天
因为生长绽放的疤痕。　结痂的都要枝丫的彩绘

也可以抓一把阳光，　置于斑驳的光阴下
验证曾经过隙的白驹。　穿越火线的丛林

没有什么可以羁绊了，　除了生活
也没有什么能够羁绊了，　除了生活

而生活，　就是跑丢的鞋子
减去多余，　只留下纯粹的自己

后海的女人

我愿意， 把她们的比基尼想成苔藓

那些被遮挡的， 一定是她们成长的秘密

我愿意， 把她们的滑板想成风

那是只在浪尖上

才会被发现的正在行走的形迹， 我愿意

把她们黝黑的皮肤， 想成礁石

那种光滑， 即便柔软的水珠也无法久居

我愿意， 把她们的笑声

想成大海的戏语， 不管阳光普照

还是星空万里， 她们自由自在地荡漾

不会因为听到或听不到

而停止游戏， 我愿意

把她们的青春想成时间简史

一部收藏着想象、 回忆、 向往和叹息的魔法书

尽管现在的我

与青春

只有清晨与黄昏之间， 一张报纸的距离

尽管青春

只是她们无忧无虑时

被惊叹的一句诗

暴雨夜， 另一滴雨

暴雨夜， 一滴雨总没有下落
它反复目测适合降落的高度

从什么高度还不是重点
或许在寻找陨石砸出湖泊的力度

至于多少力度也不打紧
要紧降落到什么位置， 海洋， 村庄， 山坡？

落什么位置也可以随机
重要以什么名义， 原子， 分子， 卵子？

即便这一切都无所谓， 关键
能一落成永恒， 并宣告说：

再小的颤动， 总得有一种方式活着
再高的飞升， 也是现在

等待太阳

灭掉灯盏， 让黑暗接管时间
细胞松弛像静止的影子， 感觉不到存在的价值

有白日的影像
展开在宽银幕， 反复呈现相似的情节
找不到发生的缘由和逻辑

所有的惊恐或欢笑
都被收纳到一个没有尽头的梦里
分享者却不在同一个时刻

城市还醒着， 灯光还在照亮自己
楼房还站在马路边
欲行又止

相伴而醒的， 站在十一楼窗子后面
以自己的映像， 显示自己

与时间分别

如此不知疲倦地奔波

已经与时间拉开了距离

我越是走得远

时间越加模糊， 仿佛记忆里

那棵村头送客的白杨

五十几年了

时间， 还在出生的地方等我

估计

我不走到头

不会再与时间合流

2014， 街景

交通灯保持着固有姿势， 一边变换颜色
一边看着正要入睡的城市

流浪猫摆着四方步， 太阳留在眼里的水
逼出来， 灰色的夜更孤独

更冷寂， 一个女人在路的拐弯处
看着自己的肉体起身而去

三两个戴眼镜的盲人， 依然四处触摸生活
看不见鸟鸣和孤独

2017，新年展望

跟在优雅的女主人身后
走得轻松悠闲
新年第一天，抬头望了一眼天空
接着嗅一嗅路边的草丛
（这里的季节相同）
尾巴摇起来，让风速减慢
步履轻拿轻放，绕过沟沟坎坎
不疾不徐
和人类保持着看见而不遥远的距离
自由自在，只要听到呼唤
就会立马出现

这是新年第一天，抬头我看见
友善的，他望了我一眼
顿时，我明白
做一个好人，不难

随便 5 号

我愿意
微风后
便是
蒙蒙细雨
一切生命的积郁或许
透过肠胃
划过烟雨空荡的冥想

我相信
伞下的你
撑起啜饮的雨
一只眼
透过水底， 悄悄
凝聚着视力

只为看得清楚
你借走
我的手指
并且轻轻地一屈
我便绊倒

在你指引的行程里

从此，我相信了海滩
天空那么容易毁啦
正因为大海在不断
翻晒她的鳞片

清明

清明， 好像总在
阴冷细雨的古诗中， 行人
把祖先的忧戚挂在脸上
虔诚地追念祖辈的踪迹

今天晴明万里， 初醒的迎春花
浸润着娇艳的金黄
太阳的光线闪耀起来， 像是
修成正果凭风飞升的蒲公英

此刻父亲的心情一定像晴朗的天空
毕竟挣脱了躯体， 瞭望才旷远
这滴眼泪凝成的土黄色坟茔
不过是曾经有过的昨天的象征

父亲， 你和生者一起沐浴
春阳照耀着我， 其实也温暖你
感谢造物主， 死亡
原来是把现实搬进记忆的方式

邻近的痛

柏树，　一棵一棵奋力地曲折
仿佛来自地下的力羁绊了挣扎

父亲，　父亲的父亲们，　还有远处的奶奶
用一生的涟漪凝结成一座座土包

这些坟丘，　纷纷低沉下来
仿佛年代越久远性格越谦卑

只有强劲的野草四处繁衍着
陌生人看不出地下紧握的家族根系

一阵明亮的黑

山坡，　一如往常的明媚
这些隆起的坟丘
提醒着大地的痛

多年前牵着我的手走过山坡
不尚言辞的父亲
一如今天的沉默

想起手指的温暖
突然飞来一阵明亮的黑

上坟

自从山野禁火以后
父亲，　不再食人间烟火

草，　找不到命名的颜色
长得漫山遍野，　仿佛要长到天上

根，　像风一样跑着
把土地藏在季节的鞋中

只有父亲的家
不肯融入山野

2016， 街景

街道继续延伸， 空旷， 辨不清枯萎的
草丛。 寂静， 如同时间流动的声音
像人群被风撩起的头发， 飘往远处
有人敲击石墙， 震荡着
自古未曾解开的密码

喔， 船队， 从楼群中间浩荡走过
时间把船尾的流水无声合拢， 致敬的眼神
躲在楼群的玻璃窗后， 充满惊讶
又无从欢呼。 一声轻叹
被收回到喉咙

踏碎了， 时间的碎片满地零落
一大群人， 或老或小， 或高或低， 抱拥着
满怀的时间落叶， 哀号
仿佛命运打了一个水漂， 飞去不来
落叶已干

高处， 浓稠的雾霭之上， 星空
冷冷地俯瞰， 当眼神停泊到那里

城市变得哀伤。　有多少希望
高不可及
嫦娥病了，　月亮还亮吗

穿越广场去吃饭

此处并非花园。 那些开过的月季
并不是花。 树上坠落的水果
并不是果实， 洒落一地
那些与太阳争辉的灯光
黑白相间的并不是棋盘
各式图案的围栏并不是牧场

一些惊叹号导引进出的规则
那些穿着短袖、 风衣、 连衣裙、 光着膀子的人
那些拎着麻袋包、 LV 包、 甩着胳膊的人
那些流着汗、 流着泪、 流着口水的人
那些正面穿过、 侧身钻过、 慢走的、 跑着的人
那些红色、 绿色、 紫色、 白色、 黑色、 杂色的人
那些藏着秘密指令汇聚过来的人
那些拿着某种请柬四处流散的人
沿着黄衫人的哨音， 被风撕裂的旗子
运转

此刻有一阵蚂蚁的方队
通过

还有一只蝴蝶的翅膀艰难

扇动

此刻，　有一个孩子的哭声和汽笛

交汇

我穿越广场去吃饭，　忽然

被呼吸、　焦虑，　以伤感的动作穿过

与水为敌

我好生淡定， 好生雍容

面对人类熙熙， 我不为所动

呈现为如椽巨笔， 当然想书写点什么

化为生命之根， 肯定想启示于谁

面对你： 各色人等

我有演化不尽的千姿百态、万紫千红。 都被你

幻化成鬼斧神工的传说

我喜欢印证我能想象的东西， 想起大海

我就把各色鱼等挂上飞空。 想要天空湛蓝

我让五彩贝壳缀满星星

印证一次飓风吗?

我要所有的树叶不分季节都朝向你

但我， 终生与水为伍。 水

雕刻着我， 我， 描绘了水

内心只剩坚韧

叫我钟乳， 或被称之为喀斯特岩溶

做不了方方正正的花岗石或墙砖

我也不愿

借以垫高你的格局，　衬托你的威严

我只想守住三亿年前的盟誓

随心所欲，　以水为伴

那些闪耀的白

并不是我析出的盐，　因为

泪水，　已在许久以前流干

胜与负相关词

坚持， 这是涌出脑海的第一个词

不放弃， 这是脱出口的又一个词

0：0， 不是， 不是词

120 个 60 秒， 用时间纪录的

穿插， 奔跑， 期盼， 焦虑以及平淡， 失望， 寂静

一块石头落地

于是， 转……向笔记本

写下

坚持。 这个浸泡着口水的词

预定未知， 渴望先知

从祖先那里赶来的预言

沸腾在血液。 坐在电视屏幕前

借一场比赛

参与青春的浩荡与放纵

0：0 或 1：2， 我说

不放弃， 接近于偿还自己

（比如失踪的爱情， 流逝的花语）

这个词， 悄悄在心中翻滚：

不放弃

我不断变幻着预期

如果眼睛不能兑现

就让紧闭的双唇吐出另一个词

如果嘴巴不能兑现

就让心去想象或有以及该有的结局

如果心不能兑现

就让双手敲打某一个词，　且以诗行的姿势

有一种规则或已预设

胜与负，　一个必须抉择的结局

卷五

长歌如慢动作步入风景

失物招领处

1.

这不是供奉祭坛的年代

不会设立专门的仪式

安慰失者， 唤醒失物。 不是

只有失物才能招领

不是招领的都是失物， 也不是

招领的只在一处

当我书写： 失物招领处， 五个字

同一时间

三种事物同时显现

2.

在我出生的村庄， 炊烟都从绿树丛中

升起

等到冬天失去了绿叶， 炊烟仿佛点燃了枯黄的

枝条

炊烟之下， 便是我的童年

从光着屁股， 到躲进衣服

146

与大榆树时而绿了时而蜕去色彩， 并无二致

那棵树下， 聚集了许多鬼故事

从东岭流下的水

穿村而过， 直到南头消失于田野

小河低矮的堤岸， 后来成了路

许多人走着

步入老年的风景

我从这条路走出村庄， 并让这条路在我的脚下

继续延长

只是那条小河， 已经消逝

路拓宽了， 水泥覆盖了本来的面目

东岭流下的水

不知所踪

他依傍的堤岸， 找不到源头

3.

玄武湖畔， 湖水弯曲悬铃木

荡舟在一片落进湖底的蓝天之上

我把来自北方的情怀， 放养在宁静的湖中央

仿佛故乡的小河， 汇聚到这里

把这里变成故乡

沿湖岸向西， 建宁路上， 一个 65 号门牌

把绿树掩映的校舍

装扮成温馨安详的村庄， 里面存放了 3 年时光

供童年消退

147

供青春生长。 一圈一圈， 四季常绿的操场

2011 年， 阔别三十年的学子

在江北， 珍珠南路， 一个 65 号门牌下

一处新建的宏大的校园里

齐聚一堂

庆祝三十年前的青春和曾经的念想

重逢， 凝望

只是彼此的眼神里

找不到绿树掩映的宿舍， 四季常绿的村庄

在建宁路上

玄武湖旁

4.

大明湖的舟侧， 也沉浸着一片天空

他们只在天气晴好风平浪静的时候出现

橹浆一过

需要许久才能聚拢， 重见天日

那不是玄武湖漂来的， 那只是一叶人生的扁舟

行走在他的江湖

这里杨柳依依

春风依傍着窗子， 月光系于柳梢

像一枚终于落脚的种子

扎根， 发芽， 顺从地接受季节的摆渡

于是， 三合街， 经三路， 趵突泉， 英雄山上

一群自我蜕变的虫子

寻找自己的惊蛰

打着诗歌的旗语， 向远方的大海发信号

后来

他们走进了 《传他， 或者自传》

轰轰烈烈地走开

却没有轰轰烈烈地回来， 也许

他们并没有启程

像只端坐在大明湖的青蛙

学会了沉默

惊蛰每年都有， 虫子蜕变于农药之下

5.

在大英博物馆， 来自中国的石器

静卧在橱窗

只身在他乡

我为失去的时差， 睁不开眼睛

6.

若干年后， 我孙子出世

我用叠字启蒙他最初的语言

他用依依丫丫的声调， 认领我这个祖父

并将用他的成长

认领童年， 青春， 四季和旅途

我想象， 他是一棵大榆树， 悬铃木， 杨柳依依

149

在我视野中， 以连续的慢动作

长成参天大树

映照在自己的江湖

那将是一个奇异的时代

就连幼儿园的名称， 都别有意味

大门上写着： 失物招领处

而许多望眼欲穿的人， 持牌而立

充当疑问的反义词

雷电：

你瞬间睁开眼睛，　怒视大地的时候

为什么

不回头看看，　你身后的背景多么黑暗？

飓风：

狂怒地推倒一切：　挡我者死！

而大海

生你养你的怀抱，　依然辽阔无边

暴雨：

奔泻而下的快感，　刷痛了大地

但是

晴空万里之后，　乌云却失去了家

大海：

博大和力量，　能改变星球的颜色

能否

变身为一面镜子，　让天空在你怀中，　供人们阅读？

151

高山：

挺立得久了， 找不到躺下的夜晚

所以

累， 也必须撑着

黑夜：

脱掉了衣衫之后， 还是黑夜

即使

穿上光的外衣， 也解不开包裹里面的黑

黎明：

东升之光如刀， 刺红遇见的一切

是谁

给黑夜做了剖腹手术， 把沉积的血逼了出来？

黑暗：

被诅咒很久了， 从古至今， 从世界到中国

奇怪

她从不回应， 即使光明扭曲了她的形象

湖：

是水， 还是盛水的容器？

命名的方式

每天以水为梦的是海， 惯于胡思乱想的是湖

星辰：

厌倦了装饰夜空， 却不打算逃亡

因为

答案在于， 天体物理还没有找到更好的读心术

天空：

如果把飞鸟关进天空的笼子

那么不要打开

不是因为天大， 而是找不到打开天空之笼的钥匙

海滩：

那些砂子潮湿， 并不是拥抱了海水

而是

日夜翻滚的人生， 没有足够时间接收太阳的短消息

海浪：

打碎堤岸秩序的是浪， 而不是海

而海

遮掩破坏之物， 留下浪花接受诗的赞美

阴影：

我并不是自己生成的

我的父亲是光

我的母亲是大地

历史：
我也不是自己生成的， 我的父亲见不得光
我的母亲
是不该身不由己时常颤抖的大地

光明：
永远有朗照不到的地方， 比如路的尽头
比如
命运

命运：
有时候她是有毒的， 无法接近
需要用一生
寻找解药

人生：
他的身体内， 常年燃着一根蜡烛
燃烧的灰烬叫作过去
正在燃烧的是未来

未来：
所有的过去， 累积起来
乘以相似性系数
再乘以憧憬的因变量与奋斗的波函数

真理：
不是指数，　不是自我翻倍的方程式
是河流
不能两次同时踏入

梦想：
瓜棚下点燃的一小盏灯光
为了
防盗，　提示远行人

喜欢：
就是飞蛾扑火的那种状态，　为了最快接近
忘了
蜕变之后，　艰难爬行的时刻

隐身：
为了让你看见，　我先躲入黑暗
但挡住光的
是我，　不是黑暗

等待：
占有，　不折不扣地占有
一只老鼠
打完了洞时，　回头静看老鹰的飞翔

时光：

石头也有褪色的时候， 需要求证

单位时间内

阳光照射的面积， 等于多少个白昼?

树叶：

从她长出来的那一刻， 就在寻机落下

没错

既然到不了天空， 不如亲近土地

云彩：

作为雨的衣裳， 她是自愿的

否则

被洗之后， 再也找不到彩虹的颜色

辨识：

只有戴上面罩的时候

我才

认识你

光阴：

光的路， 在黑暗与黑暗之间

没有黑暗的衬托

光阴找不到存在的理由

忧伤：
其实是一种物质，　喜欢自己合成
等把心孔阻塞时
就会下雨

道路：
它早晚要抛下你，　因为尽头不在你脚下
走到尽头的
只有人生

灰尘：
把自己打碎了，　也不会变成灰尘
光阴
有黏合生命的药方

破坏：
柴门打开的时候，　森林禁不住颤抖
你的分子太大
以致分母支撑不住

创造：
起源于创伤不愈的时刻，　如树木变形的树瘤
填上伤口
必须生发新的枝条

父母：

一生都是伐木者， 一次次伐倒自己

让新枝从根部发芽， 因此

称作 "we are 伐木累"

信使：

来自未来的， 才会急于重组历史

阅读者

却想署上自己的姓名

水牛：

世人的眼中， 它与水为伴， 永远离不开水

饥渴

渗出到皮肤， 如同诗人

诗人：

当年， 祝英台奋力一跃化成了蝴蝶

双飞后， 蝴蝶变回毛毛虫

后来， 从反义词寻找反义词， 成为时尚的职业

语言：

树木是词， 森林是词组， 风串联词语

诗人说

语言成长于草木， 草木酿成风

传他， 或者自传

某日， 放眼南去滚滚而动的云路

突被一种翻江倒海之力， 轰然拔起

世事苍茫， 转眼被卷成飞檐走石的风道

盘旋， 或者升腾

仿佛所有的事物突然在这一个瞬间风涌云集

拉起长天一角

哪一根树枝， 留有飞离的震颤？

哪一朵云彩， 包裹着似降而未降的风雨？

那些仰天长啸御风而来的少年

驾着乌云凝成的战马

手举驱云赶雨的马鞭

扯开时间的缰绳

抖动夺目的红缨

噫吁嚱

驰骋于尘土飞扬青春肆虐的八十年代

哪一片绿叶

深埋着岁月蠕动的根茎？

哪一片云头

停落着匆匆赶路的脚步？

此刻， 谁会是你

执掌江山的匹夫？

一

胡子爬满胸脯的时候

年方二十

如同五月的杨柳， 在大明湖随风飘逸

骑着自行车周游列国时

已经庄重得像一个神父

青春的渴望布满血丝。 使命来自哪里？

激活了内心背负已久的沉重十字

改变世界

必先刻意改变自己。 让睿智的眼神

望断长空

望断羊群迷茫的天涯路

内蒙古草原上， 想依你的智慧

唤醒日夜忙碌的黑仓鼠

作为一个革命家， 意气风发

立志翻天覆地。 没有乌云的天空

鼓荡在向往的花园里

伟人胸怀

时常从眼睛内部的江湖中透露

什么时候， 火中取栗

没有唤醒一日三餐， 却革掉了自己

不得不奔波

不得不寄生在行人麻木的目光里

世界却以惯常的面目， 笑隐隐地凝视你

朋友们偶然谈起

都说，　不知道流浪在哪条巷子

而天空

并没有随风流逝

二

特立独行，　或者标新立异

让时代的标签，　贴上自己的名字

或许是唤醒关注的方式。　即使

宇宙崩塌，　也只是昨夜醒来

太阳忘记了升起

倒背着手，　把自己的诗

朗读如星空垂落，　如地裂天崩

狗之梦，　猫之梦

都是自己的梦，　只是这些梦里

有许多冲动鲜为人知

顶天立地，　发誓把天空剪下一截

做成赶路的风衣

必须站上人生的山顶，　指天画地

游走在生活的底部伺机出击

于是，　徒步考察黄河

要在唐古拉山口寻找风的源头，　水的来历

那时真的不知生命的去处

那支后来行囊中摹写灵魂的画笔

以及凌乱的色彩

画面中走失的面孔

是不是来自那片黄色的旅途？

他们说， 你发誓挣上三亿

以致今天没空参加聚会的酒局

忙着

让生活无语

三

自骄。 或者活在

自己营造的故事里

怀疑一切， 却说从不怀疑

相信一切， 天真得如同生命之初

作为哲学家， 立志解构哲学的心路历史

那些不曾发现的隐秘

一直牵引着以梦为马的旅途

对自己说的话， 像是彼岸扣动的扳机

靶心

站在我们的眼睛之外， 等待时间之矢

徒步丈量长江

更像去丈量自己的生命承载不了的层云迷雾

从长汀的岸边回来

终究走不进生活的枪林弹雨

进或退， 不由自主

创作， 只是头脑风暴

三十年了， 没见过写出一个字

哲学， 就这么无言地默默沉思

渴望聚焦， 渴望被围观

并把自己构造进圆心那小小的一点里

今天你说，　人活着一定要留下一点东西

我信，　哲学，　或许是街头的棋局

落子，　落子

观棋不语

四

自视甚高，　时常以摘星的手擦拭星空

擦拭观察的事物

虽处江湖之远，　孜孜于庙堂之高

皆因为心中

充满一股冲出四合院的原始动力，　像一个

清扫落叶的父亲

围着厚厚的围巾，　在清晨的阳光里

即使青春的荷尔蒙不经意泛滥

决堤，　也会以崇高的名义

让那些鸡鸣狗盗，　成为一个时代的仪式

一纸绝交信

差点毁了我们多年的赏识与友谊

我是一座山，　让你

喘不过气，　似乎只有绝交方能

力拔山兮气盖世

自由，　就是谁也不能占据的空间与距离

即使阳光，　也只有穿过影子才有温度

其实，　恰恰是四合院屏蔽了远眺的视力：

即便不能惊天动地

也渴望登高一呼！ 我们何尝不是？

终于， 漂泊， 流浪， 搏击

以青春为赌注

你蜕化为一名白领绅士

与笔为敌， 书写人间万象

而我， 不过是中国八百万写诗的人

之一

五

记住你， 因为借走我的书

那时候， 买一本书

要穿越城市的无数条街道、 楼房和巷子

为数不多的新华书店

成为我们星期天寄托灵魂的庙堂与圣地

那本辗转淘来的 《十批判》

被你拿走后， 我只记住了封皮的名字

从此， 我对借书不还的人敬而远之

最让我受伤的

你用两袋花生米

换来报纸上发表的两行小诗

那份崇高， 陡然委弃于泥沼里

从此， 我对发表诗歌的报刊敬而远之

发誓， 某省某市某大报

绝不投稿一句诗

直到2012， 我引以为豪的一首诗

堂而皇之登上某大报纸

落款的却是一个陌生而且没有道歉的名字

再一次，　让我想起了你

三十年后，　终于取得联系

头发已经被生活磨平

下岗

成为另一次浪潮的代名词

为生存计

你开起了黑出租

六

飘，　飘，　不仅是书法的笔势

也是走路的姿势

以及飘忽的眼神

注定了不能像尘埃轻轻落定于尘世

一叶居无定所的浮萍

终生未娶

却一直做着安抚生命的行为艺术

正如在山大小树林

那裹着红布的石头，　那吊着绳索的木头

皆是未加命名的心灵雕塑

创造，　似乎是昨夜醒来，　太阳

用了新的方式升起

记不清占用了多少棵树，　悬挂突发奇想

吸引了多少过路同学的注目

寻找后现代的蒙太奇

我们这些朋友，　倒更像人体艺术

志得意满， 自豪地站在那一年

站在那一片秋天， 飘浮着落叶的树林里

多少年后， 有朋友给了我联系方式

很想你飘着一袭长发， 赶过来一聚

不想你那头飘过来一句：

"不要

不要理那群狗日的！"

七

叼着烟斗， 不一定在思考革命前途

披着皮大衣， 肯定不是

为斯大林格勒保卫战通宵达旦

只是这副斯大林形象

一直在我记忆深处来回踱步， 伟大的影子

以至于想不起你写过的诗

六人诗社

以你的家为根据地， 热盼着

按照农村包围城市的方式， 攻取诺贝尔

直到有一天有一个神秘人

登门拜访， 并谈及灵魂深处的恐惧

我们再也不敢跨进你家的门槛

作鸟兽散， 从此紧紧敛起了思想的羽翼

听说你后来流浪去了缅甸

又被命运迁返回济南市

我想， 一定有一颗悸动的心无处安放

便以一个独裁的形象， 映照凛然不可侵犯的威仪

并以不可告人的隐秘

让我们猜想： 现在死了？

还是披着大衣， 叼着烟斗

依然在来回踱步？

在那间能照出你身影的小屋子

八

时常把自己取出来， 放在手心里凝视

看有没有污渍， 随时清洗

只把善良和温暖留存在玲珑的七窍里

让仅存的执念

反复消毒： 作为一种对抗抑或反击

面壁诗社的成员

只有你和我同处一个城市

记得， 在灵岩寺

微笑像阳光穿梭在树林里

那是第一次也是唯一一次， 我陪你旅疗心疾

只因为有人爱你

便喝下了自残的毒

自己的存在， 扰动了别人生存的空气

你感觉： 存在就是痛苦

别人的存在， 才是自己生存的标志

你以为： 只有牺牲才能救赎

没想到佛光终于照进明亮的双眸

连同我倍感欣慰的四首诗

（那里面写道： 你笑了， 朋友们就走了）

后来， 你与他隐于生活
幸福地生下一个女儿并拥有几处房子
让我不由得感慨：
世界上有多少怀揣憧憬的少女
成于诗， 毁于诗?

九

一个地下诗人
诗， 只是秘不示人的咒语或者神启
作为私生子
一直在找却找不到生命的来处
妻儿离家出走
从此再也找不到人生的去处
唯有诗， 可以提灯寻路
于是把自己的诗密封进黑色的信封里
并嘱我终生保存
我只在刻意涂黑的信封上
看见了孤独的偈语
或许里面收藏着命运的碎片
被刻意撕得更小
小到不需要阳光和四季
直到你精心的刺绣 《白石趣虾图》
挂到我的客厅
我忽有所悟
那些五彩的丝线或许来自暗黑的世界里

＋

其实，　我并不记得每一个名字

山大中文系，　成为我心中的代指

那个八十年代

英雄山上，　纪念碑下

随着一嗓子：　哲学的去北边

历史的向西去，　诗歌跟我走……

就夹杂在乌乌泱泱的无组织人群里

做起了诗的招魂师

精神的出口，　竟被一声高呼

引发了决堤

从此，　在我七平方米单身宿舍中

横七竖八着一些漫无边际的言谈碎语

夜晚，　才是诗歌出没的疆域

像满地躺着的烟屁股，　直到黎明才会熄灭

诗歌，　是夜晚出没的精灵

就像那双黑色的眼睛，　发现才是渴求的价值

但我想不清

究竟是什么，　让我们把黑夜

当成黎明

把诗歌当作启明星

最为震撼，　是你的那句：　给我找个女人吧！

至今让我疑惑

青春，　是什么装置才能溶解的物质？

十一

"寻找诗友"

四个黑色的大字站在废纸壳上

在诗歌学习班的门外， 被我们来回展示

夜色微茫中， 理想还那么质朴

好像内心的塞子一旦拨开

就有一大群理想的蚂蚁奔涌八荒

一个不甘平庸的世纪

要么创造历史

要么被潮水反噬

只有默默地站在远处， 捂着内心的喷泉

轻诵诗句

即使我们从一个聚会转场到另一个聚会

也像一部记录仪

把夜色和灯火和诗， 无声地汇集

变局， 雕刻着风向

风却失重于空气

唯有时常捻动的小胡须

渐渐长满昨天的记忆

今夜， 梦中我惊醒了自己

依旧默默地站在远处， 捂着生活的胸口

喃喃自语

如同来自地下的蚂蚁

顶着命运的烈日

搬动绿叶， 寻找回归的路

图书在版编目（CIP）数据

意象·花季／散皮著. —济南：山东文艺出版社，
2021.12
ISBN 978 – 7 – 5329 – 6475 – 8

Ⅰ.①意… Ⅱ.①散… Ⅲ.①诗集—中国—当代
Ⅳ.①I267

中国版本图书馆 CIP 数据核字 (2021) 第 245940 号

意象·花季

散　皮　著

主管单位	山东出版传媒股份有限公司
出版发行	山东文艺出版社
社　　址	山东省济南市英雄山路 189 号
邮　　编	250002
网　　址	www.sdwypress.com

读者服务	0531 – 82098776（总编室）
	0531 – 82098775（市场营销部）
电子邮箱	sdwy@ sdpress.com.cn

印　　刷	山东临沂新华印刷物流集团有限责任公司
开　　本	650 毫米×960 毫米　1/16
印　　张	11.25
字　　数	123 千
版　　次	2021 年 12 月第 1 版
印　　次	2021 年 12 月第 1 次印刷
书　　号	ISBN 978 – 7 – 5329 – 6475 – 8
定　　价	49.00 元